J. Ortoli

Le Baudet roi des Lions

Prix [illegible]

COLLECTION PICARD

LES CONTES DE LA VEILLÉE

F. ORTOLI

LE BAUDET
ROI DES LIONS

DESSINS DE

C. ROBERT KEMP

PARIS
LIBRAIRIE PICARD-BERNHEIM ET Cie
11, RUE SOUFFLOT, 11

Où l'on verra
COMMENT
UN BAUDET
SE FIT ÉLIRE
le Roi
DES LIONS !

OU L'ON VERRA COMMENT UN BAUDET SE FIT ÉLIRE LE ROI DES LIONS

Un âne se mit un jour en tête d'aller faire fortune. Le voilà rompant son licol et courant, courant dans la prairie. L'herbe était haute et savoureuse et les chardons n'y manquaient pas.

Heureux de cette bonne fortune, messire Baudet se mit à braire tant et si fort et si joyeusement qu'un lion qui, par hasard, passait par là, vint s'informer de quoi il s'agissait.

A la vue de l'âne, il demeura stupéfait. Jamais dans ses courses vagabondes il n'avait vu un semblable animal.

Il commença à le regarder de loin, en fit le tour, s'approcha de dix pas, recula de vingt, puis enfin, réunissant tout son courage, il lui dit humblement :

— Qui es-tu et comment t'appelle-t-on?

— Je suis maître Baudet, le roi de l'Ânerie.

— Je ne connais pas cette contrée, répondit le lion,

mais moi aussi je suis un monarque et la plupart des animaux m'ont choisi pour leur chef.

— Dans ce cas nous sommes confrères ; si tu le veux, nous ferons route ensemble.

— Avec le plus grand plaisir, on ne peut que gagner en bonne compagnie.

Les voilà partis tous les deux.

Messire Lion, toutefois, crut s'apercevoir bien vite que maître Baudet n'était point aussi redoutable qu'il avait pensé tout d'abord. Il trottinait avec peine et semblait si penaud à la vue d'un tigre ou seulement d'un chacal que le roi du désert ne put s'empêcher de lui demander :

— Dis-moi, cher ami, veux-tu lutter ensemble? mais seulement pour rire un peu.

— Non, mon cher camarade, non, car je suis si fort, si fort, que malgré moi je t'étranglerais rien qu'en te serrant dans mes pattes.

Le lion se le tint pour dit et fit le plus grand salut du monde à son terrible collègue, le roi de l'Asinerie.

Or, il arriva qu'il fallut traverser une rivière.

D'un saut, le lion atteignit la rive opposée. L'âne, au contraire, se mit à nager si maladroitement et avec tant de peine que mille fois au moins il faillit se noyer.

— Comment, dit le lion, étonné à bon droit, comment, tu ne sais donc pas nager?

— Moi? je fends l'eau beaucoup mieux qu'une barque et les poissons eux-mêmes ne pourraient me surpasser à la course.

— Dans ce cas, pourquoi rester si longtemps à traverser ce ruisseau?

— Ah! c'est qu'avec ma queue j'avais pris une anguille

Messire Baudet se mit à braire et à ruer de telle sorte que le mur fut bientôt renversé

si grosse, si grosse, que son poids me faisait enfoncer. J'ai été obligé de la laisser pour venir te trouver.

Le lion se contenta de la réponse. Et de nouveau les deux animaux se remirent en route

Une muraille se présenta bientôt.

Le lion la franchit d'un bond.

Le malheureux baudet ne put faire si grande diligence.

Il leva d'abord les pattes de devant, puis, par un suprême effort, réussit à monter sur le mur.

Mais alors, il ne put plus ni avancer, ni reculer.

— Eh bien ! que fais-tu donc là ? cria le lion.

— Ne vois-tu pas que je me pèse ? Je veux savoir si la partie de mon corps qui est en avant est aussi lourde que celle qui est en arrière.

L'âne finit enfin par franchir le mur.

Le lion dit alors à son compagnon :

— Puissant roi de l'Asinerie, Baudet, mon bel ami, je crois bien que tu te joues agréablement de moi et que ta force égale tout au juste celle d'un enfant.

— Tu as une idée pareille ? Que ton erreur est grande, illustre chef des animaux ! Tiens, pour te convaincre, faisons une chose. Parions à qui jettera par terre cette grande muraille. Celui de nous qui sortira victorieux de l'épreuve sera le roi du vaincu.

— Tes conditions me plaisent et j'accepte volontiers.

Aussitôt le lion, pressé de montrer sa puissance, se mit à donner de grands coups de queue dans le mur. Il frappait à droite, frappait à gauche, ici, là, partout, mais il ne fit que se blesser cruellement et ne réussit même pas à faire tomber une pierre.

Au bout d'un grand quart d'heure il s'arrêta.

— Moi, je ne puis le démolir ; voyons si tu seras plus heureux.

Messire Baudet se mit alors à braire et à ruer de telle sorte qu'en peu d'instants le mur fut à bas.

— Eh bien ! que dis-tu de ce prodige? Te crois-tu encore plus fort que moi?

— Non; jusqu'à ce jour je pensais être le roi des animaux, mais je me trompais et ce titre te revient désormais.

— Et encore, reprit le malin, tu ne sais même pas de quoi je suis capable.

— Qu'as-tu donc de si extraordinaire?

— Je mange des épines.

— Des épines? Vraiment, que dis-tu là?

— Rien que la vérité.

— Je t'avoue que je serais curieux de voir une chose pareille.

— Tiens, vois-tu celles qui se balancent là, dans ce vaste champ?

— Oui.

— Je vais les manger.

Et l'heureux âne, sans perdre un instant (il n'avait point mangé depuis le matin), se mit à tordre à belles dents les plus beaux chardons qu'il soit possible de rencontrer.

Émerveillé par tant de choses étranges, le lion dit alors à son ami :

— Sur terre, je ne pense pas qu'il y ait un animal plus extraordinaire que toi, aussi je veux te faire reconnaître comme le roi des lions. Y consens-tu?

— Avec plaisir.

En effet, une assemblée de tous les lions de la contrée se tint le lendemain, et l'âne fut reconnu, sans aucune contestation, comme le souverain chef de tous les animaux.

Dans cette haute position, notre Baudet vécut heureux et respecté pendant de longues années, et cela d'autant plus facilement que jamais il ne disputa à ses sujets le butin que ceux-ci savaient prendre.

CAN! CAN! CAN!
ME
RENDREZ-VOUS
MON
BEL ARGENT
G. R. KEMP.

CAN, CAN, CAN, ME RENDREZ-VOUS MON BEL ARGENT?

Il vivait jadis en un village, en quel pays, je ne saurais le dire, mais assurément ce n'est point en France, un petit bonhomme et une petite bonne femme si pauvres, si pauvres, que jamais ils n'avaient pu économiser un seul denier. Ils n'avaient ni prés, ni vignes, ni jardins, mais seulement une petite Cane marchant sur ses deux pattes et qui, du matin au soir, faisait entendre la chanson de la famine :

— Can! can! can! qui me donne un peu de pain?

Can! can! can! qui me donne un peu de pain?

Or, voilà qu'un jour Moitié de Cane, ainsi appelée à cause de sa petitesse, était à barbotter sur le bord de la rivière: elle aperçut une bourse superbe toute remplie de sequins d'or et de beaux quadruples d'Espagne.

Aussitôt elle se mit à crier :

— Can! can! can! qui a perdu son bel argent?

Can! can! can! qui a perdu son bel argent?

En ce moment, passait sur la route le prince des Sept Vaches d'or, ladre comme pas un et plus riche que les rois et les empereurs ; il marchait un bâton à la main et comptait dans son esprit tous les millions de piastres qu'il avait dans sa cave.

— Can ! can ! can ! qui a perdu son bel argent ?

Can ! can ! can ! qui a perdu son bel argent ?

— C'est moi ! répondit effrontément le prince des Sept Vaches d'or et sans plus tarder il s'empara de la bourse que Moitié de Cane tenait en son bec et continua son chemin.

A cette vue, la pauvre barboteuse resta tout ébaubie ne sachant plus se tenir sur ses pattes.

— Quoi ! pensait-elle, ce riche seigneur a tout gardé pour lui et ne m'a rien donné ? La peste le dévore ! Et sur l'heure elle courut se plaindre à son maître.

Mais lorsque celui-ci connut la magnifique trouvaille qu'avait faite Moitié de Cane et le tour que lui avait joué le prince des Sept Vaches d'or, il entra dans une violente colère.

— Comment, s'écria-t-il, grande sotte, tu trouves de l'argent et ce n'est point ici que tu l'apportes ? Tu le donnes à un gros seigneur qui ne l'a point perdu, quand nous autres, pauvres gens, en aurions eu si grand besoin ? Sors vite de la maison et je te tue si tu ne reviens au plus tôt avec la bourse de sequins d'or !

L'infortunée Moitié de Cane tremblait de tous ses membres et se faisait humble et toute petite.

Pourtant elle osa dire un moment après :

— Mon maître, vous avez raison ; je pars à l'instant à la recherche du prince des Sept Vaches d'or.

Mais une fois dehors la pauvre bête pensa tristement : Comment ferai-je pour retrouver le seigneur qui m'a volé si indignement! Et Moitié de Cane se frappait la tête contre les cailloux, quand une idée lui vint à l'esprit. C'était de suivre la trace des pas et du bâton du prince des Sept Vaches d'or, jusqu'à ce qu'elle fût arrivée devant la porte de son château.

Aussitôt fait que pensé. Voilà Moitié de Cane marchant sur la route et criant de toutes ses forces :

— Can! can! can! rendez-moi mon bel argent!

Can! can! can! rendez-moi mon bel argent!

A ses cris compère Renard la reconnut et vint lui dire :

— Qu'as-tu donc, ma pauvre Moitié de Cane, que tu as l'air si triste et désolé?

— J'ai bien raison de l'être. Ce matin, en barbotant dans la rivière, j'ai trouvé une bourse remplie d'argent et l'ai donnée au prince des Sept Vaches d'or, croyant qu'elle était à lui. Or, ne voilà-t-il pas maintenant que mon maître la demande, menaçant de me tuer si je ne la rapporte bientôt.

— Et où vas-tu de la sorte?

— Tout droit devant moi.

— Veux-tu que je t'accompagne?

— Avec le plus grand plaisir.

— Mais, comment ferai-je pour te suivre?

— Hé! fourre-toi dans mon ventre et j'irai comme pourrai!

Elle se remit en route toujours criant :

— Can! can! can! rendez-moi mon bel argent!

Compère le Loup qui passait par là lui dit en l'accostant :

— Qu'as-tu donc à pleurer ainsi? On dirait, par ma foi, que tu vas mourir dans la journée!

— Hélas! ce n'est que trop vrai. J'ai trouvé une bourse d'écus, et l'ai donnée à un seigneur qui ne l'avait point perdue. Mon maître m'envoie la reprendre et si je ne la rapporte, il faudra bien que je meure.

— Peut-être te serai-je utile, veux-tu que je vienne avec toi?

— Je le veux bien.

— Mais, comment ferai-je pour aller si loin?

— Hé! fourre-toi dans mon ventre et j'irai comme pourrai!

Et compère le Loup alla trouver compère le Renard.

Elle reprit son chemin, ne marchant pas trop vite car elle se sentait un peu lourde, mais toujours criant sans s'arrêter :

— Can! can! can! rendez-moi mon bel argent!

Or, voilà que sur son passage se trouva commère l'Échelle qui lui dit aussitôt, sans même lui demander comment elle se portait :

— Jésus! ma pauvre Moitié de Cane, tu n'as pas l'air bien contente!

— Ah! je le pense bien.

— Et qu'y a-t-il donc de nouveau?

— Ce matin, j'ai trouvé de l'argent. Il m'a été volé, et mon maître veut que je le rapporte, sans cela il me tuera.

— Je ne fais rien en ce moment, veux-tu que je vienne avec toi?

— Oui.

— Mais, comment ferai-je pour te suivre, moi qui ne marche jamais?

— Hé! fourre-toi dans mon ventre et j'irai comme pourrai!

Commère l'Échelle se trouva bientôt avec ses compagnons; et Moitié de Cane, qui suivait toujours sur la route

Moitié de Cane chantait comme toujours : Can! can! can! rendez-moi mon bel argent, puis compère le Renard travailla si bien de son métier que pas une des bêtes ne resta vivante.

la trace des pas du prince des Sept Vaches d'or, ne cessait de crier :

— Can! can! can! rendez-moi mon bel argent!

Can! can! can! rendez-moi mon bel argent!

Elle rencontra commère la Rivière, sa grande amie, qui lui demanda tout étonnée :

— Qu'as-tu donc à te lamenter si tristement, ma pauvre Moitié de Cane, si joyeuse ce matin?

— Ah! depuis hier, crois-tu, je n'ai point mangé!

— Et pourquoi?

— Tu sais bien cet argent que j'ai trouvé? tu as bien vu le seigneur qui l'a pris? Eh bien! mon maître a dit qu'il me tuera si je ne vais pas le chercher et ne rapporte la bourse au plus tôt.

— Quelquefois un petit secours fait grand bien, veux-tu que je t'accompagne?

— Ah! j'en serais fort heureuse.

— Mais, comment ferai-je pour te suivre, moi qui n'ai point de jambes?

— Hé! fourre-toi dans mon ventre et j'irai comme pourrai!

Et commère la Rivière se logea à côté des autres.

La triste Moitié de Cane s'en allait toujours devant elle, regardant à chaque instant pour ne pas perdre la trace du voleur.

— Can! can! can! rendez-moi mon bel argent! gémissait-elle de plus en plus malheureuse, et disant cela elle ouvrait tellement le bec qu'on lui voyait jusqu'au fond du gosier.

Chemin faisant, elle trouva encore sa commère la Ruche qui avait envie de rire un peu.

— Hé! ma pauvre Moitié de Cane, que tu es grasse et belle aujourd'hui !

— Je ne suis pas en humeur de plaisanter, ma chère.

— Et qu'as-tu pour être si chagrine?

— J'ai bien du malheur, bonnes gens. Il faut que je retrouve de l'argent qu'on m'a volé; autrement mon maître me tuera.

— Veux-tu que je vienne avec toi?

— Oui, oui, pendant ces jours de deuil j'ai grand besoin de tous mes amis.

— Mais, comment ferai-je pour te suivre?

— Hé! fourre-toi dans mon ventre et j'irai comme pourrai!

Commère la Ruche sauta de joie et courut trouver les autres.

— Can! can! can! rendez-moi mon bel argent! s'écriait toujours la pauvre Moitié de Cane; et, sans prendre un moment du repos, elle marchait, marchait, sans jamais s'arrêter.

Elle tombait de fatigue et déjà le jour commençait à baisser lorsqu'enfin elle s'aperçut avec joie que les pas du prince des Sept Vaches d'or s'arrêtaient à la porte d'un superbe château tout bardé de fer.

— Ah! fit-elle, me voilà donc arrivée! je n'ai pas besoin de frapper pour qu'on m'ouvre.

— Can! can! can! rendez-moi mon bel argent!

Le seigneur l'entendit, mais ne fit que rire; comment donc Moitié de Cane pouvait-elle le forcer, lui, le prince des Sept Vaches d'or, à rendre la bourse de sequins d'or et de beaux quadruples d'Espagne?

— Can! can! can! rendez-moi mon bel argent!

Can! can! can! rendez-moi mon bel argent!

Il faisait nuit. Le châtelain dit alors à un de ses valets de la prendre et de l'enfermer dans le poulailler avec les coqs, les oies et les dindons, pensant bien que ceux-ci tueraient l'étrangère et que la chanson serait à jamais finie.

Cela fut fait à l'instant. Mais, à peine entrée dans le poulailler, Moitié de Cane s'écria aussitôt :

— Compère le Renard, si tu ne viens pas à mon secours, je suis perdue!

Compère le Renard sortit et travailla si bien de son métier que, de toutes les bêtes qu'il trouva, pas une ne resta vivante.

Dès la pointe du jour, la fille de basse-cour vint ouvrir la porte et fut bien étonnée de ne voir sortir que la Moitié de Cane chantant et criant comme toujours :

— Can! can! can! me rendrez-vous mon bel argent?

La pauvre femme courut aussitôt avertir son maître de ce qui était arrivé, et la châtelaine qui, en ce moment, avait tout appris, dit à son mari :

— Cette Cane est une grande sorcière; rends-lui donc son argent ou elle nous portera malheur!

Le prince des Sept Vaches d'or ne voulut rien écouter; il croyait seulement que le Renard était venu par hasard cette nuit-là.

La Cane se fit entendre encore tout le jour. Le soir, le seigneur dit à ses valets.

— Prenez cette piailleuse et jetez-là dans l'écurie, sous les pieds des mulets et des chevaux. Nous verrons bien demain matin ce qu'elle dira.

Les valets obéirent.

Mais la Cane s'écria aussitôt :

— Compère le Loup, accours vite, si tu ne viens pas à mon aide, je suis morte!

Compère le Loup ne se fit pas attendre et en un instant la chevaulaille, la mulasserie, l'asinerie, tout y passa!

Le lendemain avant le soleil, les valets arrivèrent chercher les bêtes pour s'en aller labourer. Mais nul ne pourra dire leur saisissement quand ils les virent toutes égorgées. Seule, Moïtié de Cane, debout sur les cadavres, chantait gaiement de sa plus belle voix :

— Can! can! can! me rendrez-vous mon bel argent?

Lorsque le seigneur des Sept Vaches d'or apprit ce désastre, il blêmit de colère et, dans sa fureur, il voulait qu'on donnât mille coups de bâton à ses domestiques pour ne pas avoir fait bonne garde contre le loup. Mais sa femme le calma peu à peu lui disant avec douceur :

— Mon ami, rendez donc la bourse que vous avez prise à cette Moitié de Cane, autrement nous serons ruinés.

— Non! s'écria le seigneur, tant que je vivrai, jamais elle ne l'aura!

Pendant ce temps Moitié de Cane se promenait de long en large, allait à droite, marchait à gauche, mais toujours chantait à pleine voix :

— Can! can! can! rendez-moi mon bel argent!

— Jésus! dit enfin l'avare châtelain, je suis las d'entendre crier cette vilaine bête; vite qu'on la jette dans le puits ou dans un four ardent et que tout soit dit sur son compte!

— Que ferons-nous en premier? demandèrent tous les valets.

— Peu importe, pourvu qu'on m'en débarrasse.

Pensant que ce serait plus tôt fait, les serviteurs s'emparèrent de Moitié de Cane et la jetèrent au fond du puits.

Mais pendant qu'elle tombait celle-ci dit à l'instant :

— A mon secours, commère l'échelle, ou bien c'en est fait de moi !

L'Échelle sortit aussitôt et la Cane monta les degrés en chantant :

— Can ! can ! can ! me rendrez-vous mon bel argent !

Tout le monde fut bien étonné, et la châtelaine disait toujours :

— Mais rends donc l'argent à cette sorcière !

— On dirait que j'ai peur d'une moitié de cane, répétait le prince des Sept Vaches d'or, jamais je ne le rendrai.

Puis, s'adressant à ses domestiques :

— Chauffez le four, chauffez-le à blanc et jetez-y cette magicienne !

Les valets furent obligés d'obéir, mais aucun n'osait toucher à la bête tant ils étaient épouvantés. Le plus courageux la prit enfin par le bout de l'aile et la précipita dans le brasier.

Chacun crut alors que c'était fini ; heureusement Moitié de Cane avait eu le temps de s'écrier :

— Oh ! Rivière, ma grande amie, viens à mon secours ou je suis rôtie !

Et la Rivière sortit et éteignit le feu.

Lorsque le seigneur arriva pour voir ce qui restait de la Cane qui tant l'avait tourmenté, celle-ci, bien grasse et bien dodue, se mit à lui répéter son éternel refrain :

— Can ! can ! can ! me rendrez-vous mon bel argent ?

Le prince des Sept Vaches d'or devint furieux.

— Vous n'êtes que des sots ! cria-t-il à ses gens, jamais vous n'avez su faire quelque chose de bon ; sortez d'ici, je vous chasse tous ! Désormais je me chargerai de ce démon.

Le soir, avant de se coucher, le seigneur et la châtelaine allèrent chercher Moitié de Cane; ils s'apprêtaient à lui administrer tant et tant de coups de bâton et de coups de pied qu'ils ne doutaient point que la pauvrette ne passât aussitôt de vie à trépas. Heureusement, celle-ci vit le danger et s'écria :

— Ma commère la Ruche, sors vite et défends-moi!

Un bourdonnement se fit entendre aussitôt et les abeilles piquèrent par-ci, piquèrent par-là, à la tête, aux bras, aux jambes, sur la poitrine, partout enfin, s'y prenant de si belle façon que le prince des Sept Vaches d'or et sa femme enflèrent tant et tellement qu'ils devinrent horribles à voir.

— Oh! vite, rends son argent à cette vilaine enchanteresse, gémissait l'épouse infortunée; cours ou c'en est fait de nous!

Cette fois, le seigneur ne se fit point répéter la chose. Aussitôt il vola chercher la bourse remplie de beaux sequins d'or et la remit à Moitié de Cane.

— Tiens, dit-il, j'ai été vaincu, mais sors vite de mon palais.

Au comble de la joie, celle-ci quitta sur l'heure le château et s'en fut chantant par les chemins.

— Can! can! can! je l'ai eu mon bel argent!

Can! can! can! le voilà, mon bel argent!

Sur la route, elle remit ses amis partout où elle les avait trouvés en leur disant grand merci, et à l'aube naissante elle était à la maison de ses maîtres qu'elle réveilla par ses cris.

— Can! can! can! je l'ai eu mon bel argent!

Ceux-ci, riches désormais, vécurent longtemps à l'abri du besoin, mais pas heureux cependant, car la bourse ne leur appartenait pas.

Quant à la petite Cane, bien nourrie et mieux soignée, si elle retourna encore à la mare du village, ce fut seulement pour prendre un bain avec les camarades et raconter à certain canard, en particulier, les grands exploits qu'elle avait accomplis pour retrouver sa bourse aux sequins d'or!

L'ILE
MYSTÉRIEUSE

L'ILE MYSTÉRIEUSE

Un riche seigneur, qui était en même temps le meilleur des hommes, voulant un jour contribuer au bonheur d'un de ses esclaves, lui rendit la liberté. Il fit ensuite équiper un vaisseau à la poupe dorée et à la proue toute blanche, et dit à son ancien serviteur :

— Va-t'en par le monde, navigue dans toutes les mers, choisis tel pays qu'il te plaira, mais toujours souviens-toi de faire le bien sur ton passage, souviens-toi d'éviter le mal.

L'esclave reconnaissant mit à la voile ; à peine avait-il voyagé quelques heures, qu'une tempête effroyable, une bourrasque de neige et de vent, le jeta dans une île qui paraissait déserte. Le malheureux avait perdu ses marchandises, son équipage avait été submergé, il était seul et sans secours, en proie au plus affreux désespoir. Livré à l'incertitude d'un avenir qui se présentait sous les couleurs les plus sombres, l'infortuné marchait devant lui, sans but, ne sachant où diriger ses pas.

Mais bientôt, bonheur suprême, un petit chemin à peine tracé s'offrit à ses regards. L'esclave le suivit avec joie, et de loin, arrivé sur le sommet d'une montagne il découvrit une grande ville. Ses espérances se ranimèrent et c'est de ce côté qu'il dirigea ses pas.

Mais quel ne fut pas son étonnement, lorsque, en approchant, il se vit entouré de tout un peuple l'acclamant avec transports. Les trompettes sonnaient, les tambours battaient, et de tous côtés les hérauts commençaient à crier :

— Hommes! voici votre monarque!

Et les cris de joie de s'élever jusqu'au ciel, et danseurs et danseuses de s'en donner sur les prés fleuris.

On arriva enfin dans la ville; avec pompe l'esclave fut introduit dans un palais merveilleux, séjour ordinaire des rois. On le revêtit d'un manteau de pourpre, et sa tête fut ceinte du diadème. Les principaux seigneurs vinrent lui jurer, au nom du peuple tout entier, l'obéissance et la fidélité dues aux souverains.

L'heureux monarque se crut pendant longtemps le jouet d'un rêve. Cependant, persuadé par une plus longue expérience de la réalité d'une si haute fortune, il pensa en lui-même :

— Que signifie bien tout ceci, et que veut de moi l'Être suprême?

Cette idée le tracassant nuit et jour, le prince fit mander auprès de lui le plus grand seigneur de sa cour et lui dit :

— Vizir, qui m'a fait votre roi? Pourquoi m'obéit-on, et que dois-je devenir?

Profitez des moments de prospérité, créez-vous des ressources pour les temps de misère.

— Sachez, prince, répondit le ministre, sachez que les génies qui habitent cette île ont demandé à Dieu de leur envoyer chaque année un enfant d'Adam pour régner sur eux. Le Tout-Puissant a daigné exaucer leurs vœux et toutes les années, à pareil jour, un homme aborde en ces parages. Comme vous l'avez vu, les peuples accourent à sa rencontre, l'acclament avec transports et le reconnaissent pour leur souverain. Mais le cours de son règne ne peut être que d'une année. Ce terme fatal révolu, il est précipité du trône, dépouillé de ses ornements royaux, revêtu d'habits grossiers, et des soldats impitoyables, plus difficiles mille fois à attendrir que le marbre et le bronze, le traînent sur le bord de la mer et le jettent sur un vaisseau tout noir qui le conduit à une île déserte, aride, desséchée par les quatre vents.

Celui qui, peu de jours auparavant, était un riche et puissant monarque, ne trouve plus ni sujets, ni amis, ni consolateurs ; toujours désormais il traînera une vie pénible et douloureuse ; les peuples oublient même son nom.

— Mes prédécesseurs, dit le roi à son vizir, ont-ils été instruits d'un sort si rigoureux ?

— Aucun d'eux ne l'a ignoré ; mais ils n'ont pas eu le courage de fixer sur un avenir fâcheux leurs yeux éblouis par l'éclat du trône. L'ivresse des plaisirs passagers les a détournés de l'idée d'un bonheur durable, et ils n'ont pas su prévenir la triste fin qui les menaçait.

L'année de leur prospérité s'est toujours écoulée sans qu'ils s'en soient aperçus : le jour fatal est venu enfin et ils n'avaient rien fait pour adoucir un sort inévitable et funeste.

A ce discours de son ministre, le prince fut rempli de

crainte. Avec effroi il songea au temps précieux qui déjà s'était envolé. La terreur l'envahissant, il demanda, les yeux pleins de larmes :

— Sage Vizir, vous m'avez annoncé bien des malheurs, quel autre que vous pourrait m'enseigner les moyens de les détourner de ma tête?

— Souvenez-vous, seigneur, dit le ministre, que vous êtes entré nu sur cette île et que nu vous en devez sortir. Il ne vous est donné qu'un seul moyen d'éviter les maux dont vous êtes menacé. Il faut envoyer, dans l'île où vous serez conduit, des ouvriers habiles qui construisent de vastes magasins que vous remplirez de toutes sortes de provisions pour les besoins de la vie. Profitez des moments de prospérité, créez-vous des ressources pour les temps de misère, vite mettez-vous à l'ouvrage et achevez vos travaux. Le temps presse, le temps approche, le temps échappé ne reviendra plus. Souvenez-vous surtout que vous ne trouverez, dans le lieu que vous irez habiter si longtemps, que ce que vous y aurez fait transporter d'ici à la fin du peu de jours que vous devez encore régner.

Le roi remercia son vizir et résolut aussitôt de suivre ses conseils. Des ouvriers habiles furent envoyés dans l'île déserte, et cent jours on les vit creusant des fondements, élevant des murailles, coupant le bois, taillant la pierre ; un palais merveilleux sortit enfin de terre. Le monarque y fit transporter tous ses trésors et mille hommes s'en allèrent ensuite pour rendre l'île agréable et fertile.

Cependant le moment approchait où il devait quitter son royaume. Mais loin de le regretter, le monarque soupirait après l'instant où il devait prendre possession de ses nouveaux États.

Le jour prescrit arriva enfin, il fut précipité du trône, dépouillé de ses habits royaux, et, comme on le lui avait prédit, conduit sur un vaisseau qui le porta dans la terre de l'exil.

Le monarque détrôné y arriva sans encombre et bien longtemps il vécut heureux dans sa nouvelle demeure, à l'aide des secours que sa sagesse y avait amassés.

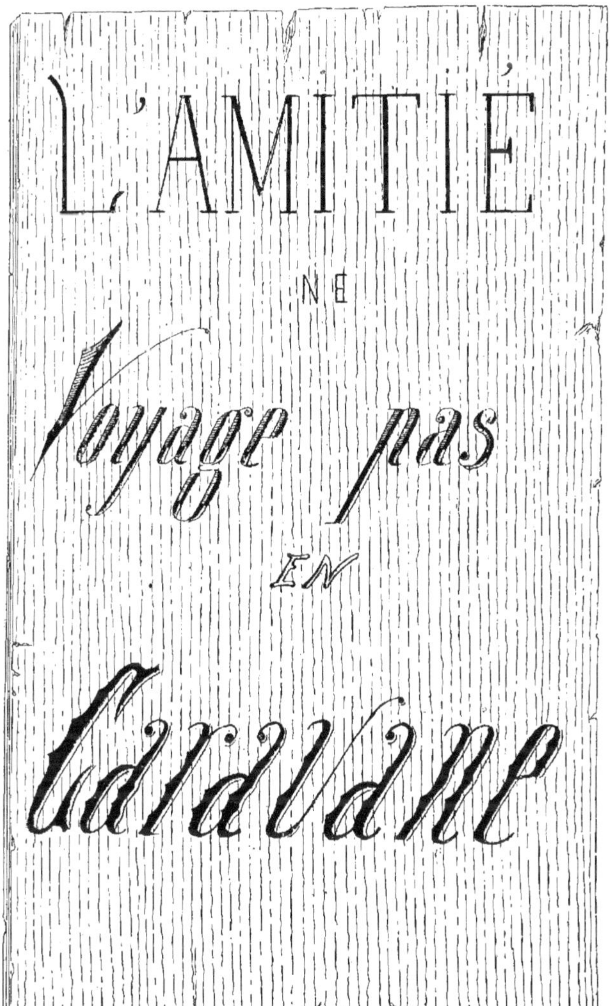

G. R. KEMP   Michelet sc.

L'AMITIÉ NE VOYAGE PAS EN CARAVANES

Un riche négociant de Bagdad ayant un fils qu'il aimait tendrement, le fit élever avec beaucoup de soin et ne ménagea rien pour lui former le cœur et lui orner l'esprit.

L'éducation du jeune homme étant presque terminée, le père résolut de le faire voyager.

— Mon fils, lui dit-il, j'ai des cheveux gris et la barbe blanche, dans ma longue carrière il m'a été donné de savoir apprécier à leur juste valeur et les hommes et les choses. Eh bien! sachez que, parmi les besoins pressants de la vie, le plus grand de tous c'est un bon ami.

La prodigalité enlève nos richesses, un revers de fortune, le caprice d'un roi, fait tomber les plus fiers dans la triste adversité; la mort seule peut nous enlever un ami, comme elle nous enlève nous-mêmes. Un ami, c'est la seule chose au monde qui nous soit toujours fidèle, qui jouisse de notre bonheur et pleure de nos larmes. O mon fils! trouvez cette perle rare, ce diamant précieux, cette fleur odorante et vous aurez rencontré le premier et le plus grand de tous les biens.

Je voudrais donc, mon enfant, que vous parcourussiez le monde ; les voyages seuls donnent la véritable expérience : plus on a vu d'hommes, plus on sait vivre parmi eux. Le monde est un grand et beau livre qui instruit celui qui sait y lire ; c'est un miroir fidèle qui rend à nos yeux tous les objets dont la connaissance peut nous être indispensable. Allez, mon fils, prenez votre bâton de voyage et dans vos courses ne songez surtout qu'à faire l'acquisition d'un véritable ami. Sacrifiez pour sa conquête, s'il le faut, tout ce que vous avez de plus rare et de plus précieux.

Le jeune homme embrassa son père et partit.

Il alla dans un pays peu éloigné de celui qu'il avait quitté, y séjourna quelque temps et revint dans sa patrie.

— Je ne vous attendais pas si tôt, dit le vieillard, étonné d'un si prompt retour.

— Ne m'avez-vous pas ordonné de chercher un ami? Eh bien! j'en amène cinquante qui sont la perle rare, la fleur odorante, le diamant précieux dont vous m'avez parlé ; cinquante qui sont le modèle de la véritable amitié!

— Mon fils, mon enfant! répondit le négociant, ne prodiguez pas ainsi ce nom sacré. Un ami est chose trop rare pour en trouver par douzaines et la plupart de ceux qui prétendent à ce titre généralement n'en ont que le nom. Ils ressemblent à un nuage d'été qui se fond au premier rayon du soleil, ils agissent avec ceux qu'ils prétendent aimer comme les buveurs font avec une cruche remplie de vin ; ils l'embrassent amoureusement tant qu'elle contient encore un

Le marchand de Bagdad pressa contre son cœur l'ami dévoué qui parlait ainsi.

peu de liqueur, mais est-elle vide? aussitôt ils la jettent au loin.

— Mon père, votre défiance est injuste, et ceux que je regarde comme mes amis me verraient dans l'adversité sans que leur cœur se démentît.

— J'ai vécu soixante-dix ans, reprit le vieillard, j'ai éprouvé la bonne et la mauvaise fortune, beaucoup d'hommes ont paru à mes yeux. A peine dans une si longue révolution d'années, ai-je pu acquérir un ami. Comment à votre âge, et en si peu de temps, en avez-vous trouvé cinquante! Apprenez de moi à connaître les humains.

Le négociant égorgea un mouton, le mit dans un sac et teignit du sang de cet animal les habits de son fils. Tout étant disposé de la sorte pour le dessein qu'il méditait, il en remit l'exécution à la nuit. A l'heure convenue, le jeune homme, instruit du rôle qu'il devait jouer, chargea le mouton sur son épaule et l'on sortit de la ville.

Bientôt on arriva à la porte du premier ami; on frappa.

Celui-ci ouvrit d'un air empressé, demandant le sujet de sa venue.

— C'est dans le malheur, répondit le visiteur, qu'on éprouve ceux qu'on aime. Je vous ai entretenu bien souvent de l'ancienne inimitié qui régnait entre ma famille et celle d'un grand seigneur de la cour; tout à l'heure nous nous sommes rencontrés dans un lieu écarté : la haine nous a mis les armes à la main et je l'ai étendu sans vie à mes pieds.

Dans la crainte d'être poursuivi par la justice, j'ai pris son corps; il est dans le sac que vous voyez sur mes épaules; je vous prie de le cacher dans votre maison jusqu'à ce que cette affaire soit apaisée.

— Ma maison est si petite, répondit l'ami, d'un air chagrin et embarrassé, qu'elle peut à peine contenir les vivants qui l'habitent, comment y pourrais-je placer un mort?

Le jeune homme le supplia d'avoir pitié de lui, mais tout fut inutile, l'ingrat lui ferma la porte au visage.

— Tu vois, mon fils, dit le marchand, voilà les amis sur lesquels tu comptais.

— A dire vrai, mon père, j'ai toujours soupçonné cet homme de lâcheté et d'hypocrisie, mais attendez encore et vous serez satisfait.

Cependant il eût beau frapper à toutes les portes, implorer ses amis d'un jour, leur rappeler ses bienfaits, cinquante fois il reçut le plus triste accueil, personne ne voulut cacher le cadavre.

— Mon fils, dit le négociant, reconnaissez enfin combien il faut peu compter sur les hommes. Qu'est devenu le zèle de ceux dont vous faisiez un éloge si pompeux? Dans le malheur, chacun vous a abandonné: Ce sont des sépulcres blanchis, des nuées chassées par le vent, des arbres sans fruits. Je veux vous montrer toute la différence qu'il y a du seul ami que j'ai aux cinquante que vous possédiez.

Tout en parlant, le père et le fils arrivèrent devant la porte de celui que le marchand avait représenté comme le modèle de l'amitié parfaite.

Il lui conta le prétendu malheur survenu à son enfant et le supplia de cacher le sac compromettant.

— O jour trois fois heureux! s'écria le fidèle ami, heure bénie où je puis vous venir en aide! Mon frère, ma maison est belle et grande et vaste, cachez y mille morts si vous le voulez.

— Pensez, dit le jeune homme, pensez, généreux seigneur, aux grands dangers auxquels vous vous exposez. Qui sait si vous ne serez point accusé de meurtre ou tout au moins, de favoriser un assassin!

— On doit s'exposer à tous les périls quand on peut sauver le fils d'un ami; d'ailleurs, rendez-vous dans ma terre, à ma maison d'été; vous y vivrez tranquille, inconnu et à l'abri de toutes les recherches de la justice. Vous ne manquerez de rien, de temps en temps je viendrai vous tenir compagnie et si jamais un malheur arrive, eh bien! il retombera sur moi!

Heureux, comme on pense, le marchand de Bagdad ouvrit ses bras et pressa contre son cœur l'ami dévoué qui parlait ainsi; il le remercia de ses offres généreuses et se mit à lui raconter la ruse inventée pour apprendre à son fils bien-aimé combien les amis sont rares en ce monde!

Saint-Denis. — Imprimerie Picard-Bernheim et Cie — M. I.— 64458

www.ingramcontent.com/pod-product-compliance
Ingram Content Group UK Ltd.
Pitfield, Milton Keynes, MK11 3LW, UK
UKHW032005260826
14628UKWH00005B/2289

9 782014 043730